HAROLD *y el*
LÁPIZ COLOR MORADO

HAROLD
y el
LÁPIZ COLOR
MORADO

por Crockett Johnson

Traducido por Teresa Mlawer

Harper Arco Iris
An Imprint of HarperCollins*Publishers*

For information address HarperCollins Children's Books,
a division of HarperCollins Publishers, 195 Broadway, New York, NY 10007.
Library of Congress Catalog Card Number: 94-78535
ISBN 0-06-025332-0. — ISBN 0-06-443402-8 (pbk.)
http://www.harperchildrens.com   ❖   First Spanish Edition, 1995.
18 19 20 SCP 50 49

Una noche, después de pensarlo mucho,

Harold decidió ir a dar un paseo

a la luz de la luna.

Pero no había luna, y sin ésta,

Harold no podía salir a pasear.

También necesitaba un lugar por donde caminar.

Trazó un sendero recto para no perderse

y salió a caminar, llevando su lápiz color
morado.

Pero el camino era largo y recto
y no conducía a ninguna parte.

Decidió tomar un atajo, a través del campo,
con la luna como única compañera.

Harold estaba convencido de que el atajo
lo llevaría hasta donde él pensaba
que había un bosque.

Como no quería perderse, dibujó un

bosque pequeño, con un solo árbol.

Éste, resultó ser un manzano.

«Las manzanas estarán deliciosas»
pensó Harold, una vez que hayan
madurado.

Y para que cuidara de las manzanas,

dejó un horrendo dragón debajo del árbol.

Era espantoso y feroz.

Era tan temible que hasta Harold se asustó.

Harold retrocedió, tembloroso, mientras
sujetaba el lápiz morado en la mano.

De repente, comprendió lo que ocurría,

pero ya era demasiado tarde, pues estaba
en el mar y el agua le cubría la cabeza.

Salió a flote y en un instante,

subió a bordo de un pequeño bote.

Se echó al mar,

con la luna como única compañera.

Despúes de navegar por un tiempo,
llegó a tierra sin problema.

Desembarcó en una playa, sin saber bien

adónde había llegado.

La arena le recordó las comidas campestres.

Y este pensamiento le hizo sentir hambre.

Así que se preparó para almorzar.

Sólo había pasteles.

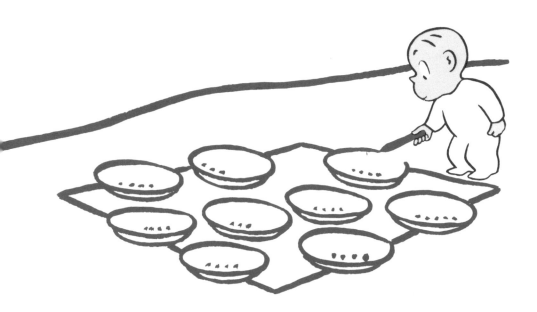

Pero había nueve clases diferentes de

pasteles: Los que más le gustaban a Harold.

Cuando terminó de comer, aún sobraba
mucha comida.

Como no le gustaba que se desperdiciaran

los deliciosos pasteles,

Harold invitó a un hambriento alce y a un
simpático puerco espín para que se los
comieran.

Y se marchó en busca de una colina a la que pudiera trepar para ver dónde se encontraba.

Harold sabía que mientras más alto subiera,
más lejos podría ver, así que decidió
transformar la colina en una montaña.

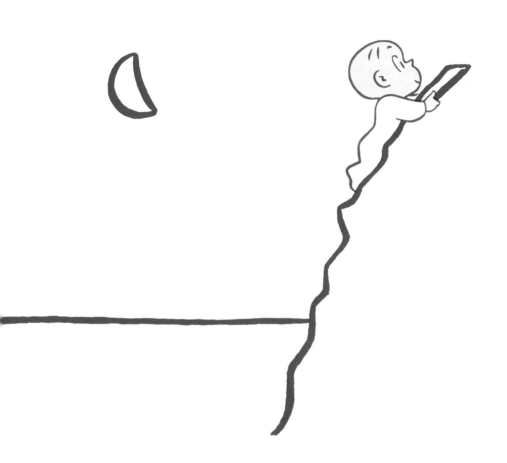

«Si subía lo suficientemente alto» pensó,
podría ver la ventana de su dormitorio.

Se sentía cansado y con ganas de ir
a la cama.

Tenía la esperanza de poder ver la ventana de
su dormitorio desde la cima de la montaña.

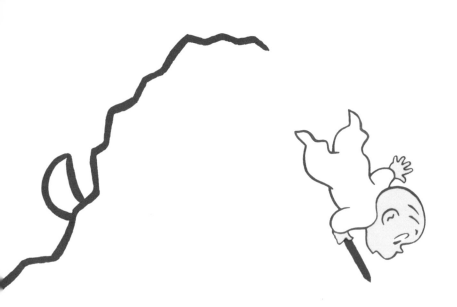

Pero se empinó demasiado para mirar
y resbaló.

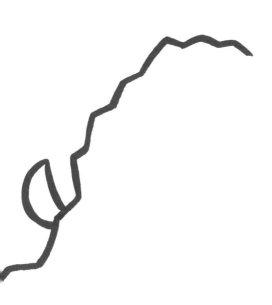

Al no tener ladera el otro lado de la
montaña, Harold cayó al vacío.

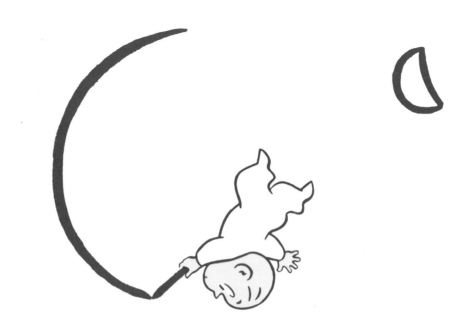

Pero, por suerte, no había perdido
ni su ingenio ni su lápiz morado.

Dibujó un globo y se aferró a él.

Después, colocó una cesta debajo del globo,
lo suficientemente grande para viajar en ella.

Desde el globo podía apreciar un paisaje
muy hermoso, pero no veía su ventana.
Ni siquiera podía ver una casa.

Así que, decidió hacer una casa con
muchas ventanas.

Y aterrizó en el césped, enfrente
de la casa.

Pero, ninguna de las ventanas era la suya.

Se quedó pensativo, tratando de recordar
dónde estaba su ventana.

Hizo algunas ventanas más.

Dibujó un enorme edificio lleno de
ventanas.

Y, después, muchos edificios llenos de
ventanas.

Y, por último, una ciudad entera llena de
ventanas.

Pero, ninguna de las ventanas era la suya.

No podía recordar dónde estaba su ventana.

Decidió preguntarle a un policía.

El policía le indicó el mismo camino hacia

dónde él se dirigía. Harold le dio las gracias.

Deseaba estar en su dormitorio y en su
cama, y continuó su camino, acompañado
sólo por la luna.

Entonces, de repente, Harold se acordó.

Recordó dónde estaba su ventana cuando la
luna estaba fuera.

Cuando la luna estaba fuera, su ventana

siempre enmarcaba la luna.

Ya más tranquilo, Harold hizo su cama.

Se acostó y se cubrió con la manta.

El lápiz morado cayó al suelo,

y Harold cayó rendido.